Renate Sültz – Petra Sültz-Lohoff – Alfred Lohoff – Uwe H. Sültz

UNSERE HAUSTIERE

SEELENTRÖSTER FÜR IMMER UND EWIG!

Bibliografische Information durch die Deutsche Nationalbibliothek

Die Deutsche Nationalbibliothek verzeichnet diese Publikation in der Deutschen Nationalbibliografie; detaillierte bibliografische Daten sind im Internet abrufbar über

http://dnb.dnb.de

© 2025 Uwe H. Sültz - SÜLTZ BÜCHER

Renate Sültz – Petra Sültz-Lohoff – Alfred Lohoff

© Bilder by Alfred Lohoff – Uwe H. Sültz - Pixabay

Verlag: BoD · Books on Demand GmbH, In de Tarpen 42,

22848 Norderstedt, bod@bod.de

Druck: Libri Plureos GmbH, Friedensallee 273, 22763 Hamburg

ISBN: 978-3-7693-5014-2

Inhalt:

FSC
www.fsc.org
MIX
Papier aus ver-
antwortungsvollen
Quellen
Paper from
responsible sources
FSC® C105338

**Lilly Mops, ein Engel mit vier Pfoten –
Autorin: Renate Sültz**

Sie kam und ließ uns ihre bedingungslose Liebe spüren.

Als wir 2014 zum Züchter fuhren, sagte dieser damals:
„Sehen Sie sich mal den gestromten dort hinten an.“
Ja, wir taten es und bekamen zu hören, dass dieses
katzenähnliche Lebewesen sauberer sei, als seine
Geschwister. Was sollte ich wohl darunter verstehen?
Wir unterhielten uns mit dem Ehepaar, welches uns das
Tier zum Verkauf anbot.

„Sie ist einfach die Sauberste aus diesem Wurf. Der kleine
Mops putze sich jeden Morgen wie eine Katze“, so sagte
man es uns. „Warten Sie mal ab und Sie werden es
erleben.“

Wir hatten Zeit, denn schließlich wollte mein Lebenspartner
unbedingt einen Hund von geringer Größe. Der ganze Wurf
bestand aus Rüden und Hündinnen. Nur eine kam sofort zu
mir hingelaufen und legte beide Vorderpfötchen um meine
Wade. Der drollige, herzerweichende Anblick, ließ mich
kaum einen anderen Gedanken fassen. Ihre großen
schwarzen Augen sahen mich durchdringend an und ließen
ein unvorstellbares Glücksgefühl in mir aufsteigen.

Jetzt war das Band gefestigt und ich nahm den Mops
vorsichtig hoch und setzte sie auf meinen Arm.

Sie hatte ein samtig-weiches Fell und ihr Äußeres entsprach
so gar nicht, dem eines Mopses, obwohl sie eine reinrassige
Züchtung ist. Übrigens ist sie immer noch eine
Knutschkugel, der man ihre 10 Lenze nicht ansieht.
Die Verantwortung, die nun auf mich zukam machte mir
Angst, denn eigentlich wollte ich für nichts mehr
verantwortlich sein.

Drei Söhne erziehen und dafür zu sorgen, dass sie einen
Beruf erlernen, ist nicht einfach. Bis zu ihrem Auszug
kümmerte ich mich um sie und einen kranken Mann.
Nun ja, das ist ein anderes Thema. Doch wollte ich wirklich
keine Verantwortung übernehmen für dieses unschuldige
Lebewesen? Doch ich wollte.

Wir bezahlten und der Züchter gab uns noch ein
Minihalsband, etwas Trockenfutter für zwei Tage und einige
Ratschläge mit. Da am Morgen alles sehr hektisch abging,
vergaß ich eine Decke für die Kleine mitzunehmen. Zum
Glück hatten wir noch saubere Handtücher vom letzten
Urlaub im Auto. Wir stiegen ein und wickelten dass
Babymöpschen Lilly, wie wir sie bis heute nennen, in die
Tücher ein. Die Rückfahrt bekam sie kaum mit, denn sie
schlief in meinen Armen.

Wir waren nun ihre Eltern, zu denen sie recht schnell
Vertrauen hatte. Ich sollte bei dieser Gelegenheit
erwähnen, dass der Mops noch ein Baby und

dementsprechend auch ängstlich war. Leider dachten wir nicht immer daran. Ein Hündchen und jedes andere Tier hat auch ein Herz und eine Seele, darüber sollte sich jeder Gedanken machen, der ein Tier in seine Obhut nimmt.

Nun dachten wir, dass Tier mal eben während eines Einkaufs alleine lassen zu können. Nein, sie zeigte uns, wer die Chefin im Auto und zu Hause war. Trotz gutem Zureden und etwas Leckerem, verwüstete das kleine Ding den Flur. Es sah aus, als wenn ein Bulldozer seine Arbeit getan hätte. Sie stand vor der Tür und weinte. Als wir aufschlossen, sprang sie glücklich an uns hoch. Doch immer noch nicht begriffen wir, dass das winzige Hundeherz gar nicht allein sein konnte.

Lilly hatte in solchen Situationen Angst, dass wir sie für immer zurücklassen. Schlimm, wenn man darüber nachdenkt. Längere Autofahrten vertrug sie noch nicht. Im hohen Bogen erbrach sie alles. Die Fahrt musste trotzdem fortgesetzt werden. Der Gestank vernebelte unser Gehirn und fast wär ich auch soweit gewesen, ins Auto zu brechen.

Und heute? Ja, es hat sich etwas geändert. Heute will sie die Erste im Auto sein, schaut sich alles an und beobachtet meinen Mann, ob er auch alles richtig macht, schalten, kuppeln und so. Nachts schläft Lilly, wer hätte es auch anders gedacht, zwischen uns. Manchmal längs, manchmal quer. Es ist eben Lilly Mops. Wenn sie Hunger hat, läuft sie los und sucht ihr „Schweinchen". Es hat eine große Öffnung für Futter. Wo es auch liegt, sie findet es und erwartet nun, dass das „Schweinchen" gefüllt wird. Ja, es ist Lilly Mops, ein Familienmitglied.

Als Tiere in mein Leben traten - Autor: Alfred Lohoff

Als junger Mensch, so muss ich gestehen, mochte ich Tiere meistens gut durch. Hier ein Schnitzel, da mal ein halbes Hähnchen oder lecker Gulasch. Ich muss auch zugeben, dass mir diese Gerichte auch heute noch sehr gut schmecken. Immerhin freut es mich, wenn das Tier bis zu seinem Ableben ein schönes Leben hatte und auch am Ende nicht gefoltert, gequält oder sonst was wurde.

Aber kommen wir mal zu den Tieren, die ein Teil meiner Wohngemeinschaft wurden.

Von denen hätte ich keins gegessen. Nun ist an so einem Wellensittich auch nicht grade viel dran. Aber gut. Stichwort Wellensittich. Einzeln und alleine gehalten, was sicher nicht Artgerecht ist, lassen diese Tiere sich gerne auf den Menschen ein. Was bleibt ihnen auch anderes. Sie mögen es, Sachen anzuknabbern. Oder beim Briefe schreiben, was man früher ja noch am Tisch sitzend mit der Hand und einem Stift auf Papier machte, dabei zu sein. Papier sieht mit Löchern rundherum auch viel besser aus. Auch die Kugelschreibermine lässt sich hier oder da ausbremsen. Ganz abgesehen von den Hinterlassenschaften die so ein Tier von sich gibt, welche dann am Ende den fertigen Brief verzieren und einige Buchstaben verschwinden lassen. Jocki, nannten wir diesen Vogel, der sich auch gerne mal auf dem

Küchentisch den frischen Salatkopf ansah. Er durfte sich den ganzen Tag frei bewegen. Also, der Vogel. Nicht der Salatkopf. Das ist alles lange her und war noch bei meinen Eltern. Wellensittiche und Kanarienvögel spielen bei mir aber immer eine Rolle. Bis heute. Aber auch andere Tiere.

So kann ich mich noch gut an diesen Rauhaardackel erinnern, der ständig Zähne fletschend vor uns stand und sein Geschäft grundsätzlich nach dem ausgiebigen Spaziergang in der Wohnung machte. Das trug nicht unbedingt dazu bei, Tiere zu lieben.

Zu der Zeit war ich frisch verheiratet und wir erwarteten

unseren ersten Nachwuchs. Den Dackel haben wir dann meinen Eltern geschenkt. Die konnten gut mit ihm umgehen. Wenn er was wollte, hat er es auch bekommen. So waren alle zu frieden. Besonders der Dackel. Die Anzahl der

Wellensittiche war mittlerweile auf vier gestiegen. Auf den großen Käfig hatte ich aus Käfigstangen eine zusätzliche Sitzgelegenheit für diese Tiere gebaut. Die haben sie auch gerne genommen. Dadurch haben sie wenigstens nicht den Wohnzimmerschrank vollgekackt. Aber diese Wohnung war für uns alle zu klein. Kein Kinderzimmer.

Eine entsprechend größere Wohnung war damals schnell gefunden. Mit Balkon zur Hauptstraße. Den haben wir dann einmal ausprobiert. Wenn man sich dann so gegenüber saß, konnte man gut erkennen, dass der andere etwas sagt. Die Lippen haben sich bewegt. Verstanden hat man nix. Aber Hauptsache Südseite. In der Wohnung passierte nicht viel. Die Zahl der Vögel blieb gleich. Wobei von vier Sittichen zwei verstarben, die dann durch Kanarienvögel ersetzt wurden. Weil diese doch so wunderbar singen. Das machen sie besonders gerne, wenn man grade die Nachrichten im Radio hören will. Man glaubt gar nicht, wieviel Dezibel so ein kleiner Piepmatz erzeugen kann.

Wir sind dann nochmal umgezogen. Das war eine Steigerung in allen Bereichen. Ruhigere Wohnlage, zwei Balkone die man auch nutzen kann, 80 Quadratmeter. Also Platz für Mensch und Tier. Das Esszimmer bekam eine Vogelecke bestehend aus zwei großen Käfigen. Die Insassen waren besagte zwei Wellensittiche und vier Kanaries. Manchmal stellten wir so ein selbstgebautes Gestell auf die Fensterbank, auf dem die ganze Bande Platz nahm.

Sittich neben Kanarie. Oder um es mit Paul McCartney zu sagen „Ebony and Ivory".

Ich hatte mich an diese Tiere gewöhnt und da ich ein feinfühliger Mensch bin, tat mir einer von den Kanaries besonders Leid, weil er alt und gebrechlich wurde. Er konnte mit den anderen nicht mehr mithalten. Die Tiere untereinander kennen da kein Erbarmen. Du kannst nicht mehr. Tja. Pech für dich. So kam es, dass ich, weil meine Frau zwei Tage in ein Kloster in der Nähe von Cloppenburg fuhr, den kleinen Kerl mitnahm. Die Restlichen kamen zu den Schwiegereltern. Meine Frau ins Kloster und ich mit diesem kleinen Piepmatz, der in einer kleinen Transportbox mit der Aufschrift „Altenwohnheim Piep" lebte, nach Cloppenburg. Dort hatte ich ein Zimmer gemietet, was ich mir mit Piep teilte. Ich ging dort Pizza essen. Da konnte ich ein schönes Salatblatt in die Serviette wickeln und dem kleinen Kerl mitbringen. Wenn er nichts mehr konnte, aber fressen und kacken ging perfekt.

Meine Frau hatte mir eine kleine Plastikbox mitgegeben. So als Sarg. Falls Piep stirbt. Das Ding haben wir kurze Hand zum Planschbecken umfunktioniert. So konnte Piep ausgiebig plantschen. Wieder zu Hause hat er uns regelrecht rum kommandiert. Machte immer ganz bestimmte Geräusche wenn er was wollte. Das zeigte mir, dass selbst so kleine Lebewesen sich mitteilen können.

So lebte er noch lange genug, um mit uns gemeinsam eine Woche Urlaub in Xanten zu machen.

Von unserer Wohnung aus war es ein Katzensprung zu den Schwiegereltern. Die haben ein Haus und Garten. Viel Platz für unseren Sohn zum Spielen und auch für ein paar Hühner. Fünf an der Zahl. So hatte ich Chicken Mc Nuggets noch nie gesehen. Aber lustig waren sie. Durch

die gestutzten Flügel konnten sie nicht fliegen. Das versuchten sie durch schnelles laufen auszugleichen. Dabei fällt man schon mal auf den Schnabel. Was ich auch nicht wusste, dass Hühner so gerne Nudeln essen. Es ist sowieso fantastisch, was so ein Hühnerkörper aus dem, was da reinkommt, macht. Wenn man sich mal vorstellen, dass so ein Huhn neben Nudeln auch mal einen Regenwurm oder auch alte Kartoffeln und Obst frisst. Dann ist es doch fantastisch, was so ein Huhn daraus macht. Ein Ei. Was kann man mit so einem Ei alles machen. Kuchen backen, Omelett, Spiegelei, oder einfach nur gekocht. Toll, so ein Huhn. Also, ich meine, ich kann essen und trinken, was ich will. Was mein Körper daraus macht ist nicht der Rede wert.

Unter diesen fünf Hühnern gab es eins, was etwas anders
war als die anderen. Dieses Huhn war neugierig. So was
habe ich noch nie gesehen. Ein neugieriges Huhn, was die
Umgebung erkundet.

Da gibt es einen Anbau den der Schwiegervater als
Werkstatt nutzt, mit einer Glastür. Da wird mit dem
Schnabel so lange vorgepickt, bis einer aufmacht. Dann
folgt die Inspektion. Einmal durch die ganze Werkstatt, für
die Endabnahme noch einen Stempel in Form eines kleinen
Häufchens hinterlassen und dann wieder nach draußen auf
den Hof. Na, da hat doch einer die Waschküchentür
aufgelassen. Was gibt es denn da alles? Wohin führt den
die kleine Treppe. Kann man da wohl hoch gehen. Mal
versuchen. Und hopp. Jawoll und nochmal. Man soll es
nicht für möglich halten, aber dieses Huhn stand plötzlich in
der Küche meiner Schwiegereltern und begrüßte meine
Schwiegermutter mit einem fröhlichen „boakboak".
Man muss wissen, dass die Küche in der ersten Etage ist.
Das waren also einige Stufen. Aber dieses Huhn hatte bald
das Alter erreicht, bei dem Hühner langsam abbauen. Die
Anderen ließen es nicht mehr an das Futter und es saß nur
noch da und wartete auf den Tod. Es war ein trauriger
Anblick. Meine Frau sagte: „Man muss doch irgendwas
machen können. Die geht doch jämmerlich ein." Da meine
Frau ein unheimliches Händchen für Tiere hat, nahm sie
also kurze Hand einen alten Pappkarton der etwas
größeren Sorte und packte das Huhn da rein.

Huhn und Karton kamen in die Waschküche. Dann wurde das Tier begutachtet. Im Gefieder, am Bauch und vor allem am After tummelten sich schon kleine Insekten. Am Popo sogar schon Maden. Es war eklig.

Aber nicht für meine Frau. Da sich in der Waschküche auch ein Waschbecken befindet, mit fließendem Wasser und Seife, wurde Das Huhn erstmal gewaschen. Das Tier war schon so müde und schlapp, dass es ihm völlig egal war, was man mit ihm machte. Als auch die letzte Made entfernt war, wurde noch abgetrocknet und in eine Decke gewickelt. Dann wieder zurück in den Karton. Meine Frau hatte so eine Idee. Sie nahm naturbelassenen Joghurt und einen kleinen Löffel. Jetzt noch den Schnabel etwas öffnen und rein damit. Diese Fütterung war dann drei Mal täglich. Wobei ich dann vorschlug, um die hin- und her Lauferei zu beenden, den Karton samt Huhn einfach mitzubringen und auf den kleinen Balkon an der Küche zu stellen. Wenn der Löffel mit Joghurt kam, machte es den Schnabel jetzt schon von alleine auf. Trotzdem mussten wir davon ausgehen, dass Hühnchen, wie wir sie immer nannten, nicht mehr lange lebt. Wir wollten ihr nur eine schöne, letzte Zeit geben. Unser Urlaub rückte auch langsam näher. Nix Dolles. Ne Ferienwohnung so ganz privat, in Bad Sassendorf. Auch nur für eine Woche. Und was machen wir mit Hühnchen? Es sah immer mehr so aus, dass sie immer mehr zu Kräften kam. Zwar in ganz kleinen Schritten, aber immerhin. Mittags nahm sie jetzt gerne Zwieback in Milch.

Richtig zermatscht. So als Knödel geformt. Hühnchen fing
langsam an, wieder zu essen wie ein Huhn. Sie hackte mit
dem Schnabel in diesen Matschknödel und fraß diese doch
etwas unansehnliche Masse.

Nur noch ein paar Tage bis zu unserem Urlaub. Mittlerweile
hatten wir beide, was den Urlaub angeht, ein großes
Fragezeichen im Gesicht. Es musste etwas passieren.

Welche Möglichkeiten gab es denn? Das Tier umbringen?
Kam nicht in Frage. Zu den Schwiegereltern geben? Die
würden sich nicht entsprechen drum kümmern.
Mitnehmen??? Ich holte das Festnetztelefon und suchte die
Telefonnummer der Vermieterin unserer Ferienwohnung.
Hallo, sagte ich, wir kommen ja am kommenden Samstag zu
ihnen.

Leider haben wir da ein kleines Problem.

Dann erzählte ich kurz von unserem Huhn und fragte
einfach, ob wir es mitbringen dürfen. „Na klar", kam als
Antwort, „ wir hatten zwar mal einen Papagei als Gast, aber
ein Huhn hatten wir noch nicht. Bringt es einfach mit".
Also, Urlaub mit Huhn. Auf, in ein kleines Abenteuer.
Eine Transportbox für Kleintiere hatten wir. Also Hühnchen
da rein, ein paar Fleecedecken und los ging´s. Hühnchen
mit Box kam in den Wohn- und Essbereich. Wenn wir was
unternehmen wollten, blieb Hühnchen einfach in der Box.
Wenn wir da waren, durfte sie auf den Schoß, bekam dann

ihre Mahlzeit und guckte mit uns Fernsehen. Vor der Box war eine Vliesdecke ausgebreitet. Das war auch gut so. Denn, wie aus dem Nichts, fing Hühnchen plötzlich an, aufzustehen. Sie drückte sich hoch, war am Zittern und plumps, saß sie wieder auf ihrem Hintern. Wir beobachteten das ganze Schauspiel interessiert. Denn sie hörte damit nicht auf. Immer wieder hoch und plumps.

So lange, bis sie längere Zeit einfach stehen konnte. Wenn so ein Huhn reden könnte, kann es aber nicht. Sie steht da und sieht an sich herunter. Als wollte sie sagen „Wie war das noch, mit den Beinen." Ganz langsam hob sie, ich glaube es war ihr linkes Bein, etwas an und bewegte es komischer Weise nach hinten statt nach vorne. Schon saß sie wieder auf dem Hintern. Also nochmal. Nur nicht aufgeben. Wie war das jetzt mit den Beinen. Plumps. Mist. Nochmal. Ob man es nun glaubt oder nicht. Das ging so lange, bis Hühnchen ein paar Schritte nach vorne machte. Sie konnte wieder laufen.

Wenn auch langsam. Man hat aber gesehen, wenn so ein Tier merkt, dass es doch noch nicht vorbei ist, hat es plötzlich einen ganz starken Willen und kämpft sich zurück ins Leben. Als wir aus dem Urlaub zurück waren, mussten wir das Esszimmer mit Fleecedecken auslegen. Hühnchen ging zwischen Küche, die gefliest ist, Korridor, der auch gefliest ist und dem Esszimmer hin und her. Setzte sich viel hin und wartete. Wir waren unserer Vermieterin der

Ferienwohnung übrigens sehr dankbar. Haben die Wohnung auch genau so sauber wie wir sie vorgefunden haben, wieder verlassen. Der Urlaub mit Huhn war sogar einen Zeitungartikel wert.

Wenn ich dann zur Arbeit fuhr, lag Hühnchen mit dem Kopf auf meinen Hausschuhen und starrte Richtung Wohnungstür. „Der muss doch gleich wieder kommen." Na ja, so schnell ging das mit der Arbeit nicht. Irgendwann hat sie dann immer aufgegeben. Ich hatte wirklich gedacht, dass sowas nur ein Hund macht. Aber ein Huhn? Nun gut. Wir hatten uns jetzt damit angefreundet, dass wir Hühnchen noch ein bisschen als Haustier bei uns haben werden. Ein Huhn in der Wohnung. Artgerecht ist sicherlich anders. Aber das Tier fühlte sich anscheinend wohl und genoss jeden Tag mit uns. Es fraß mittlerweile auch wieder andere Sachen. Was mir besonders in Erinnerung geblieben ist, war der Abend an dem wir den Rest, den wir mittags vom Griechen mit nach Hause genommen hatten, als Abendbrot zu uns nehmen wollten. Ich werde diesen bettelnden Blick von diesem Huhn nicht vergessen. Meine Frau nahm sie dann auf den Schoß und sie teilten gerecht. Hühnchen fraß Gyros!!!

Wir hatten dieses Tier noch ein ganzes Jahr. Wenn man bedenkt, dass diese Hühner drei oder vielleicht vier Jahre alt werden, dann ist so ein zusätzliches Jahr für so ein Huhn eine ziemlich lange Zeit. Nach einem tränenreichen Ende

und einer kleinen Bestattung im Garten, hatten die
Vliesdecken ausgedient und konnten in den Müll.
Blieben erstmal noch die zwei Wellensittiche und vier
Kanarienvögel. Sicher, wenn einer davon starb, wurde er
sofort durch einen Neuen ersetzt. Leider stellt sich die
Unterbringung dieser Tiere, falls man mal etwas Urlaub
machen möchte, immer schwieriger dar. Außerdem hatte
es sich so ergeben, dass ein großes Interesse an einem Tier,
mit dem man auch mal knuddeln kann, aufkam. Ein Hund
zum Beispiel. Kostet Steuern, Impfen, muss täglich
mehrmals raus. Bei jedem Wetter.

Ich sah das Tier vor meinem geistigen Auge schon bei
einem heftigen Sturm an der Leine im Wind wehen.
Also eher keinen Hund. Obwohl wir Hunde sehr mögen.
Na gut. Überlegen wir weiter. Eine Katze. Während ein
Hund gerne bei seinem Menschen ist und sich auch gerne
betüddeln lässt, so hat eine Katze doch mehr ihren eigenen
Kopf. Räumt dann auch gerne mal die Fensterbank ab, nur
um ausgerechnet da zu sitzen und dann festzustellen, dass
es doch nicht so ein guter Platz ist. Freut sich über die
bleibenden Muster in der Ledercouch, die sie höchst
persönlich mit ihren Krallen angefertigt hat. Möchten wir so
ein Tier? NEIN! Weitere Überlegungen. Eine befreundete
Bekannte, eine etwas ältere Dame, sagt uns etwas von
einem Kaninchen. Die sind Pflegeleicht, haben vielleicht mal
einen Fellwechsel und brauchen sonst nur etwas Auslauf

und was Leckeres zu essen. Also, überlegen wir mal.
Was können wir dem Tier bieten?

Beim Fellwechsel hilft schon eine passende Bürste. Auslauf?
Wir haben glücklicherweise zwei Balkone. Den einen kann
man dem Kaninchen geben. Was fressen Kaninchen so?
Die sind Vegetarier.

Irgendwelche Kohlblätter die man sich beim Einkauf einfach
so mitnehmen kann. Etwas Trockenfutter und Stroh.
Das schien ein günstiges Tier zu sein. Keine großen
Ansprüche. Also wurde das Internet durchsucht. Auch um
über die Haltung von Kaninchen mehr zu erfahren. Es gab
tatsächlich zahlreiche Anbieter. Manche schienen seriös
und freundlich andere wieder nicht so. Dann viel uns eine
Familie auf, die ganz einfach in ihrem Text ein paar Dinge
angemerkt haben, die darauf schließen ließen, dass diese
Leute sehr Tierlieb sind. Da rufen wir jetzt an. Gesagt,
getan. Termin gemacht und hingefahren. Transportbox war
auch an Bord. Ein paar Kilometer waren es schon und als
wir ankamen gab es erstmal einen kleinen Schreck. Die
Leute, die das Kaninchen verkaufen wollten, waren nicht
da. Sie kamen aber kurz drauf zu Fuß und sagten uns, dass
sie kein Fahrzeug haben und mit dem Bus gefahren sind.
Der zweite Schreck. Die sahen aus wie solche Gothic, oder
wie nennt man die, die alles Schwarze lieben. Ja, so Leute
eben. Auf den ersten Blick alles andere als sympathisch. Das
sollte sich kurz darauf ändern. Sie baten uns in die

Wohnung und zeigten uns mehrere Käfige mit Kaninchen. „Hier sind die Eltern da noch zwei andere und da vorne, der kleine, ist zu verkaufen." Sie holte ihn und es wurde Liebe auf den ersten Blick. Meine Frau durfte das Zwergkaninchen auf den Arm nehmen. Ab da war es klar, dass das Tier sich von seinen Genossen verabschieden muss. Für nur 20 Euro haben wir ihn gekauft. Ein Bock. Erst ein paar Wochen alt.

Ab ins Auto wo die Transportbox wartete. Unterwegs immer mit ihm gesprochen. Er seinerseits guckte ganz neugierig. Seine Schnute war ständig in Bewegung. Was uns schnell zu einer Namensfindung brachte. Wir nennen ihn „Schnüffelchen". Das passt so gut.

Was für ein lieber, kleiner Kerl. In der Transportbox kann er nicht bleiben. Schnell noch einen großen Käfig mit einem passenden Tisch und ein paar Räder gekauft. Was sehr schnell auffiel war, dass er kein Stroh wollte. Da wo er liegen wollte, hat er alles frei gekratzt. Stroh? Fressen? Nein danke. Was habt ihr denn noch so? Meine Frau sagt: „Der ist nicht normal". Das sollte sich später noch bestätigen. Er hatte so seine Eigenarten. Auf dem Schoß ließ er sich sehr gerne streicheln und kuscheln. Plötzlich fing er an, mit den vorderen Pfoten zu kratzen. Meine Frau sagte gleich: „Der will irgendwas." Ich sagte: „Bring ihn doch mal zum Käfig, mal gucken, was passiert." Der Käfig hat so eine Empore. Falls er mal Angst bekommt, kann er sich darunter verstecken. Oben war so eine Futtermulde. Aber, wie Tiere so sind, machte er das zu seiner Toilette. Da ging er prompt drauf und verrichtete sein Geschäft. Seitdem wissen wir, wenn er bei uns ist und kratzt, will er weg.

Aber, er kann noch mehr. Bedingt durch meine Arbeit, hatte schon mal an einer Hand einen kleinen Ratscher oder so. Da Schnüffelchen uns gerne sehr viel „Küsschen" gibt, kam er an diese mini Verletzung. Da ging er mit seiner Zunge drüber und ein kleiner Hautfetzen wurde von ihm ganz vorsichtig weggeknabbert. Man hat tatsächlich die kleinen, scharfen Zähne gespürt. Die Stelle an der Hand heilte danach unglaublich schnell. Haltet mich für verrückt. Ich habe es selbst erlebt. Und nicht nur das. Am rechten Auge, so Richtung Schläfe, bekam ich eine braune Stelle. Die Ärztin sagte damals, das ist nicht schlimm. Das ist so eine Alterswarze. Sieht einfach nur doof aus. Kann man wegmachen. Muss man aber selbst bezahlen. Nun weiß ich nicht, was Kaninchen so in ihrem Speichel haben. Immerhin konnte ich, nachdem Schnüffelchen da drüber geschlabbert hatte, eine Schicht einfach abtragen. Nach zwei oder drei Wiederholungen war das Ding weg. Nachdem auch ein kleines Gerstenkorn am rechten Auge, so ganz außen in der Falte, von Schnüffelchen sanft entfernt wurde, fingen wir an, ihn Doktor Schnüffel zu nennen. Man kann sich darauf verlassen, dass er uns niemals wehtun wird. Eine goldene Erfahrung, die man sonst nie gemacht hätte. So wurde

Schnüffelchen schnell zu einem Familienmittglied. Selbst auf dem Balkon hat er eine Toilette und einen Kräutergarten. Mmmh. Lecker. Nun haben wir den kleinen Kerl schon über sechs Jahre. Auch wenn viele sagen, dass diese Zwergkaninchen nur sechs bis sieben Jahre alt werden, so hoffen wir, dass die wenigen, die dann sagen „die können auch 10 Jahre alt werden", Recht behalten. Soll er. In Urlaub können wir danach wieder fahren. Ihn jetzt mitzunehmen wäre sehr kompliziert. Schon wegen dem großen Käfig. Und eine andere Unterbringung für die Zeit, möchten wir ihm und uns nicht zumuten. Er hat eben so seine Gewohnheiten. Wenn er Hunger hat, dann schiebt er schon mal den Futternapf nach vorne und hat dann diesen Dackelblick. Kaninchen mit Dackelblick. Wenn man darauf nicht reagiert, zerfetzt er die Unterlage die auf dem Käfigboden liegt. Stroh will er ja nicht. Um es auf die Spitze zu treiben, hat er sogar eine eigene Wärmflasche. Kommt in die Mikrowelle, dann unter die Unterlage im Käfig. Wenn man dann sieht, wie der sich in voller Länge da drauf legt, die Hinterbeine bis zu geht nicht mehr ausgestreckt, die Augen ganz zu, dann wird man fast neidisch. Da gibt es Fachleute, die sagen „Sie werden nie erleben, dass Kaninchen ihre Augen ganz zu machen. Weil es Fluchttiere sind". Die kennen unseren Schnüffel nicht.

Fazit: Für mich gibt es grundsätzlich keine bösen Tiere. Auch ein Löwe tötet nur um zu überleben.

Tiere würden dabei niemals das Opfer quälen oder foltern. So was macht nur der Mensch. Eigentlich muss man sich schämen ein Mensch zu sein. Der Mensch an sich ist wahnsinnig arrogant. Glaubt tatsächlich, dass einzige Lebewesen auf diesem Planeten zu sein, das sich unendlich vermehren darf.

Die Anzahl der Tiere wird immer schön im Auge behalten. Zur Not schießen wir sie ab. Wir wollen ja nicht, dass es zu viele werden. Gleichzeitig sorgen wir dafür, dass einige Arten aussterben. Aber die Natur kennt nur sich selbst. Keine Rücksicht auf Mensch oder Tier. Die Natur holt sich alles wieder. Die Natur hat etwas, was uns fehlt. Zeit. Am Ende steht nicht der Mensch. Am Ende steht einfach die Natur. Klar, ich bin ein Mensch und das werde ich auch bis zum Tode bleiben. Ein Mensch – ein Allesfresser. Normal kein Problem. Aber wenn die Bevölkerung weiter so wächst und irgendwann alle nur noch Grünzeug fressen, dann ist das auch wieder nicht gut. Egal was wir machen. Es wird immer irgendwann zu viel. Stellen wir uns mal vor, es gäbe nur halb so viele Menschen auf diesem Planeten. Dann bräuchten wir uns um viele Dinge überhaupt keine Sorgen zu machen. Das Wichtigste aber ist, dass wir alle Platz haben, Menschen und Tiere, und das nebeneinander auf dieser schönen Welt.

Rudi, das liebe Schwein – Autorin: Petra Sültz-Lohoff

Ich weiß, Rudi, das Rennschwein gibt es schon und ist
berühmt. Aber so wie ich es schreibe und erlebt habe,
ist es nun einmal.

Das Ende meiner Lehrzeit stand an. Jeder weiß es, jetzt gab
es die Gesellenprüfung. Ich war immer fleißig, aber etwas
Angst hatte ich schon, das kann bestimmt jeder verstehen.
Wenn man nun ganz frei im Kopf und in den Gedanken ist,
geht man locker zur Prüfung und besteht sie auch. Aber das
war ich nicht. Eine Operation stand im Raum. Wird alles gut
gehen? Gibt es Komplikationen? Machen die Ärzte einen
Fehler und mir fehlt nachher ein Bein oder so?

Fragen über Fragen. Viele Gedanken kreisten durch meinen
Kopf. Diese Gedanken machten noch mehr krank. Sie
gingen nun vom Körper in den Geist. Gleichzeitig wurde in
meinem Kopf aber auch der Platz geraubt, um die vielen
Formeln, die Theorie, die zu lernen war, zu speichern.
Immer weiter entfernte sich alles.

Irgendwie merkte ich schon, dass das nicht der richtige Weg
war. Wie sagt man, der Geist ist willig, aber das Fleisch ist
schwach? Bei mir versagte nun alles.

Es waren noch 3 Tage bis zur Prüfung und 3 Wochen bis zur
OP. Was sollte ich nur tun? Wer konnte mir helfen? Heute
wäre es einfach, ich habe eine lieben Ehemann, der ein

großes Herz hat und viel Verständnis. „Was soll ich nur tun?", würde ich Alfred fragen. „Komm' zur Ruhe, lass' uns drüber reden", hätte er gesagt und sagt es auch heute.

Ich legte den Stift beiseite und öffnete das Fenster. Die Luft war herrlich. Eigentlich kommt es doch auf ein Stündchen nicht an. Und so machte ich einen kleinen Spaziergang.

Von Weitem sah ich auf dem anliegenden Bauernhof Kühe weiden. Ich ging darauf zu. Ging ich zu schnell? Die Kühe entfernten sich. Und da war es, das kleine Schweinchen, welches die Kühe verdeckten. Es kam direkt auf mich zu gelaufen. Der Bauernhof hatte ein kleines Café. Nun, 2 Mark hatte ich zufällig in der Jackentasche. Also ging ich den Zaun entlang, das Schweinchen folgte mir. Auf dem Hof angekommen kroch das Schweinchen unter dem Zaun her und stand mit mir nun vor einem Tisch. Ich setzte mich, das Schweinchen schmiegte sich an mein Bein.

„Was darf ich Ihnen bringen?", fragte die Bedienung. „Ah, ich sehe, Rudi hat Sie schon begrüßt. Das macht er nicht immer, nur bei ganz lieben Menschen."

„Ein Mineralwasser bitte. Ich sehe, dass Sie Futter für Ihre Tiere verkaufen. 2 Mark habe ich dabei", sagte ich.

„Da bekommen Sie Ihr Mineralwasser und eine Tüte Futter für Rudi dafür", antwortete die Bedienung.

Genussvoll und ganz vorsichtig nahm Rudi die Leckerchen aus meiner Hand. Dabei beobachtete ich Rudi ganz genau.

Rudi hatte große Augen und sogar Wimpern.
Mit der Nase erschnüffelte Rudi zuerst, was ich in der Hand hatte. Seine Ruhe und Liebe übertrug sich und gab mir ein Gefühl der Geborgenheit. Ja, Rudi zeigte mir, dass das Leben schön, aber auch kostbar ist. In diesem Augenblick verlor sich meine Angst in Zeit und Raum.

Ab jetzt besuchte ich Rudi jeden

Tag. Die Prüfung habe ich bestanden. Auch die OP verlief gut. Dann kam der Tag, an dem mein Umzug zu meinem zukünftigen Ehemann Alfred anstand. Jetzt ging es von Lünen nach Selm.

Die Bedienung, die auch gleichzeitig die Besitzerin und Bäuerin war, setzte sich zu mir und sagte: „Haben Sie keine Angst um Rudi, er ist unser Hausschwein, er ist wie ein Familienmitglied, ihm wird kein Haar gekrümmt."
Ich gab 10 Mark für Futter, das ihm die Kinder auf dem Bauernhof geben sollten. Dann kam der Abschied.

Und heute, Jahrzehnte später, fahren mein Mann Alfred und ich immer noch zu dem Bauernhof und kaufen Eier und Wurst ein. Der Biohof hat allerhand Leckereien. Jedes Mal kaufe ich für einen Euro fünfzig eine Tüte Leckerchen, gehe zum Hinterhof und lege die Tüte auf Rudis Grab.

Mit Tränen in den Augen sage ich leise: „Lieber Rudi, danke für alles. Wir werden uns irgendwann und irgendwo wiedersehen."

Mein Leben sind die Tiere – Autorin: Dr. Jutta Sültz

Ich liebe alle Tiere! Schließlich haben auch sie eine Seele.
Schon als Kind nahm ich viele Tiere auf. Es war Krieg.
Meine Oma besaß ein Hotel und da war immer Platz, auch
zu Essen. Katzen und Hunde kamen und gingen. Aber ein
Hündchen ist mir ganz besonders ans Herz gewachsen, es
war Finni, die Streunerin. Finni war ein Pudel. Als sie zu uns
kam, war ihr gekräuseltes Haar voller Läuse. Meine Mutter
Lotte fand jede Laus im Fell. Irgendwann war Finni Laus fei
und durfte bei mir im Bett schlafen. Sie lebte lange und wir
hatten viel Freude miteinander. Wenn die Bomben fielen
versteckten wir uns im Kellergewölbe des Hotels. Im Garten
wurde Finni nach einem zufriedenen Leben begraben.

Die Zeit verging. Ich wurde eine erfolgreiche Ärztin. Dann
die Heirat, Kinder, wie das eben so ist. Mein Mann verstarb
irgendwann und die Kinder gingen ihren eigenen Weg. Es
war immer viel Arbeit und ich bemerkte nicht, wie Neid im
Bekanntenkreis aufkam. Neid, worauf? Ich gab immer gern
und verteilte viel. Ich hielt Neid für ungerecht. Aber es war
nun mal so. Ja, angeblich gute Freunde betrogen mich
sogar, ich verschuldete mich. Immer mehr zog ich mich
zurück.

Jeden Tag ging ich durch den naheliegenden Wald,
beobachtete die Vögel, die Bäume und die Wolken. In der
Ferne sah ich Hunde, es waren viele Hunde. Dann sah ich

eine Frau dazu. Sie war Hundesitterin. Zuerst dachte sie, dass ich Angst haben würde und zog alle Hunde zurück. Wir sprachen miteinander. Sie betreute Tiere im naheliegenden Tierheim. „Kommen Sie doch auch einmal vorbei", sagte sie zu mir. Beim Gespräch merkte ich schon, wie sich ein Hund an mein Bein lehnte. Nun, Respekt hatte ich schon, denn es war ein Rottweiler. Ich sagte zu, dass ich vorbei kommen würde.

Zunächst besprach ich das Thema mit meinen Töchtern. Ja, Okay, Begeisterung sieht anders aus. „Dass es nur kein Kampfhund wird. Nimm so einen kleinen, Dackel oder so", forderten sie. Ich war schon ihrer Meinung. Es sollte ein kleiner Hund werden. In den nächsten Tagen ging es also ins Tierheim.

Im Tierheim schlug man vor, dass ich doch zuerst mit verschiedenen Tieren Gassi gehen sollte. Da war ein Dackel, der war wirklich unerzogen und wild. Aber ich liebe ja alle Tiere. Da war ein Mischling. Der ging sofort auf andere Hunde los. Aber, wie schon gesagt, ich liebe ja alle Tiere. Das ging so weiter. Die Pflegerin aus dem Wald sah mich und mein Verhalten. „Die Hunde merken, dass Sie schwächeln. Liebe allein reicht nicht. Nehmen Sie mal Briska", empfahl sie. Ups, das war ausgerechnet der Rottweiler, ein sogenannter Kampfhund. Aber, nun wissen es mittlerweile alle Leser, ich liebe alle Tiere. Sofort schmiegte sich Briska wieder an mein Bein.

Der Spaziergang dauerte lange und er war echt gut. Beim dritten Mal sollte ich eine Entscheidung treffen. Das war nicht nötig, denn Briska sprang unbemerkt in mein Auto. Die Würfel waren gefallen.

Meine Kinder waren entsetzt. Plötzlich besuchte sie in ihren Kinderzimmern ein Kampfhund.

Im Laufe der Zeit entstand eine ganz enge Verbindung zwischen Briska und mir. Ich konnte nirgends mehr allein hingehen, Briska wich nicht von meiner Seite. Sogar auf der kleinen Gästetoilette quetschte sie sich zwischen dem Lokus und meinen Beinen.

Von Tag zu Tag merkte ich, wie anhänglich Briska war. Immer mehr stellte sich heraus, dass der starke Rottweiler ein ganz liebes Lamm war.

Beispiele:

Nach einem Auffahrunfall, mir fuhr jemand auf, kam ein wütender Mann auf mich zu und beschimpfte mich lautstark. Da hatte ich schon Angst. Mit dem Finger zeigte ich auf die Rücksitzbank. Blitzschnell drehte der Unfallverursacher ab und verschwand in seinem Auto. Es ist nicht meine Art, man kann doch alles ruhig klären, in diesem Fall konnte ich das Aussehen von Briska nutzen. Aber sie bemerkte diese Stresssituation und wurde krank. Überall im Haus musste sie sich übergeben. Ihren kranken

Magen konnte ich mit gekochtem Pansen wieder hinbekommen. Meine Töchter allerdings verstanden die Welt nicht mehr. Das ganze Haus roch nach gekochtem Pansen. Nun, es war mehr als nur riechen... es stank!

Ein anderes Beispiel:

Um fast Mitternacht musste ich eine meiner Töchter vom Bahnhof abholen. Es war schon beängstigend, dies nachts zu tun. Ich trug einen langen Mantel. Plötzlich kam eine Gruppe betrunkener Menschen auf mich zu. Mir ging der Puls auf Hochtouren. Es muss ja nichts passieren, kann aber. Plötzlich drehten sie ab, etwa 5 Meter vor mir. Ich bemerkte es wirklich nicht, aber der Mantel war so weit, Briska war vor Angst hinter mir, nun aber schaute der große Kopf hervor. Tja, wir beschützten uns gegenseitig.

Hier noch ein Beispiel:

Ich ging mit Briska im Urlaub auf eine Bank zu. Jetzt bemerkte ich, dass die beiden Frauen vor Angst aufstehen wollten. Ich rief, dass sie bleiben sollen, es sei doch genug Platz. „Aber der große Hund!", riefen sie. Sie blieben und erklärten mir, dass sie Angst vor Hunden hätten, und zwar vor allen Hunden. Jetzt begann automatisch Briska mit einer Therapie. Ich sagte zwar, dass sie keine Angst zu haben brauchten, aber das ist ja einfach gesagt. Briska legte sich zwischen die Frauen und stieß beide mit der Schnauze an. „Was bedeutet das?", fragte eine. „Sie sollen sie streicheln", antwortete ich. Beide Frauen haben ihre Angst besiegt und das auch noch bei einem gewaltigen Rottweiler.

Ja, ich kann nur sagen, ich liebe alle Tiere. Noch mehr sogar, Tiere haben mich nie enttäuscht, sie waren meine besten Freunde.

Briska & Ella

Heute bin ich 90 Jahre alt. Nach Briska kam noch Ella Mops in mein Leben. Verantwortung kann ich heute für ein Tier nicht mehr übernehmen, aber ich male meine Tiere und andere gern in Öl auf Leinwand.

***Wahre Ereignisse, die an uns herangetragen wurden –
Autor: Uwe H. Sültz***

Geschichte 1: Hansi, wie Kanarienvögel eben heißen

Erna und Gerd Tschöpe waren lange verheiratet. Seit
Urzeiten hatten sie immer Kanarienvögel. Leben und Tod
sind ja etwas ganz normales, das wusste Ehepaar Tschöpe.
Jeder weiß es, Kanaries werden zwischen 10 und 12 Jahre
alt, könnten auch mal länger leben. Tschöpes Kanaries
erreichten immer die 12 Jahre. Schon früh erkannten
Tschöpes, dass sich ihre Kanaries immer viel zu erzählen
hatten. Sie sangen und zwitscherten schon früh morgens
los. Und wenn Gerd das alte LOEWE OPTA Radio
einschaltete, übertönten die Kanaries jede Musik.

Zeit verging. Tschöpes feierten mittlerweile ihren 82sten
Geburtstag. „Was, wenn Kiwi oder Hansi einmal gehen
müssen, wollt Ihr noch einmal neue Kanarienvögel?", fragte
die Enkelin. „Nein", antworteten beide, „nun ist es genug.
Der Käfig muss gereinigt werden, wir würden es
irgendwann nicht mehr schaffen."

Aber nichts lässt sich eben aufhalten. Irgendwann starb
Kiwi und Hansi blieb übrig. Immer wieder schalteten
Tschöpes das alte Radio ein, aber Hansi sang nicht mehr.
Gerd hörte sich jeden Sonntag den Frühschoppen im Radio
an. Normalerweise setzten sich beide Vögel auf das Radio.
Es hatte noch Röhren, die wärmten beide Kanaries, was sie

genossen. Nach dem Ableben von Kiwi blieb von nun an Hansi im Käfig.

Hansi wurde dann 13 Jahre, als Gerd an einem Sonntag still vor dem Radio saß. „Gerd, kommst Du bitte zum Essen, der Frühschoppen ist doch längst vorbei", bat Erna Gerd zu Tisch. … Gerd wachte nicht mehr auf.

Nach der Beerdigung wurde es für Erna und Hansi einsam. Hansi sang ja nicht mehr und Erna war nur noch traurig, jeden Tag.

Dann, es war ein Sonntag um 12 Uhr, flog Hansi direkt auf das Röhrenradio und piepte und piepte. Erna war erstaunt. Sie schaltete das Radio ein. Der Sender war noch so eingestellt, wo Gerd immer den Frühschoppen hörte. Werner Höfer eröffnete die Gesprächsrunde im Frühschoppen und Hansi sang und piepte, was das Zeug hielt. Ging der Geist von Gerd in Hansi über? Wollte Hansi nur Erna trösten? Fragen über Fragen.

Hansi wurde fast 16 Jahre alt, kurz danach ging auch Erna.

Geschichte 2: Biene, eine Boxerin

In Keitum lebten Frau Müller, ihr Bruder Wolfgang und die Boxerhündin Biene zufrieden im eigenen Haus. Biene kam als Welpe zu den beiden. Frau Müller hatte ihr Reich im

Erdgeschoss, Wolfgang im Keller. Dort hatte er eine riesige Eisenbahn. Die Boxerhündin lag mal faul auf dem Sofa im Erdgeschoss, mal ging sie in den Garten, dann zu Wolfgang und legte sich unter die Eisenbahn. Das ging Tag ein, Tag aus so. Jahr für Jahr. Und dann kam der Tag des Abschieds, Frau Müller ging auf die 90 Jahre zu und ging ins Licht. Natürlich waren Wolfgang und Biene sehr traurig. Ein Mensch kann seine Trauer durch Worte, Tränen und Gesten zum Ausdruck bringen, Biene aber legte sich vor das Bett von Frau Müller. Zum Erledigen ihres Geschäftes ging sie in den Garten, zum Essen in die Küche, dann legte sie sich wieder vor Frau Müllers Bett.

Wieder verging eine Zeit...

Wolfgang konnte irgendwann nicht mehr Gassi gehen. Eine nette Nachbarin übernahm das dann. Ja, und dann kam das, was kommen musste, Wolfgang wurde zum Pflegefall, er war bettlägerig.

Wenn man von Familie sprach, waren das Frau Müller, Wolfgang und Biene. Und nun musste Biene in ein Heim. Wolfgang wurde zu Hause gepflegt. Zwei Mal täglich kam der Pflegedienst. Aber um Biene konnte man sich nicht auch noch kümmern.

Es war wieder ein trauriger Moment, als Biene abgeholt wurde, die Familie war nun endgültig getrennt. So schien es zumindest...

Biene fand tatsächlich einen Weg aus dem Tierheim auszubrechen. 14 Kilometer musste sie laufen, durchs Watt, am Strand entlang, ja, sogar durch Westerland. Man darf nicht vergessen, Biene ist eine Boxerhündin, das strahlt schon Respekt aus. Wolfgang lag nun in seiner Kellerwohnung, allein und ohne seine Familie. Die Tür stand auf, als plötzlich Biene eintrat. Sie legte sich vor Wolfgangs Bett. Beide waren überglücklich. Wolfgang angergierte die nette Nachbarin zum Gassi gehen, auch für den Einkauf für Hundefutter. Heute ist der 14.1.2025 und beide haben sich wiedergefunden und leben wieder zusammen.

Als Zugabe folgen nun Geschichten aus der Sicht der Tiere:

Diese Geschichten eignen sich zum Vorlesen oder Selbstlesen für Kinder!

Die Erlebnisse der Tiere auf dem Bauernhof

Überraschung aus dem Stroh

Betty, die Milchkuh

Die Überraschung

Glück für das Zirkusäffchen Benny

Ein Adler braucht Hilfe

Das Schweinchen Klecks

Als sich der Bauer wunderte

Gestatten, mein Name ist Flo

Ein Fisch im Zahnbecher

Ich bin Lilly Mops! Jetzt möchte ich euch etwas erzählen:

In einer alten Scheune, in den Bayerischen Alpen, lebten
auf einem Bauernhof mehrere Tiere zusammen. Im Laufe
vieler Jahre hatten sie Freundschaft geschlossen und waren
unzertrennlich. Da war zum Beispiel Holger. Er war ein altes
Pferd, dem der Bauer sein Gnadenbrot gab. Seine Arbeit als
Ackergaul konnte er nicht mehr erfüllen. Die Gelenke
schmerzten und die Hufeisen an seinen Füssen konnte er
kaum noch ertragen. Doch Holger war nicht alleine mit
seinem Elend. Marga, die Gans, gehörte auch dazu und
Karin, die Katze. Aber auch Richy, die Schildkröte, und
Cornelia, die Spinne, waren seine Freunde. Alle hatten
schon ein gewisses Alter auf dem Buckel. Bauer Nielsen
hatte eben ein Herz für Tiere und sie sollten es bei ihm so
gut wie möglich haben. Katze Karin saß meistens auf einem
Heuhaufen, denn sie konnte von dort oben alles gut
überblicken. Sie schnurrte glücklich und gab sich mit einem
kleinen Mäuschen zufrieden. Früher, da war kein Kleintier
vor ihr sicher. Nun wollte sie nur noch ihre Ruhe haben.

Richy war eine alte Schildkröte. Der Sohn des Bauern
Nielsen verfrachtete sie, als sie schon sehr alt war, in den
Heuschuppen. Trotzdem ging es ihr gut. Sie bekam das
beste Futter, so wie alle anderen Tiere auch, die hier noch
ihr Gnadenbrot bekamen. Richy war die Älteste in der
Runde. Nun, wenn man bedenkt wie alt diese Tiere werden

können, war sie eigentlich noch recht jung. Trotzdem hatte die Schildkröte keine rechte Lust mehr auf das Meer.

Die kleine Spinne Cornelia saß schon seit vielen Jahren auf einem Holzbalken, etwas abseits von den anderen. So konnte sie mit ihren großen Augen alles gut beobachten. Sie war, wie alle Spinnen, sehr lieb.

„Ich habe eine Idee", meinte Holger, das Pferd. „Wir alle haben in jungen Jahren viel erlebt. Wir können doch unsere Geschichten erzählen", sagte er voller Begeisterung. „Au ja!", riefen alle fast gleichzeitig und mit Freude. „Wer fängt denn mit einem schönen Jugenderlebnis an?", fragte Karin, die Katze. „Ich!", rief Holger und fing an zu erzählen.

„Nun ja, vor vielen Jahren war ich schon ein tolles Pferd, das muss ich wohl sagen", lachte er. „Bauer Nielsen war stolz auf mich, wenn ich mit erhobenem Haupt den Acker pflügte. Tag für Tag und Jahr für Jahr erledigte ich meine Arbeit gewissenhaft. Eines Tages, es war sehr warm und meine Gelenke machten sich etwas bemerkbar, lies sich der Pflug nicht mehr ziehen. Er blieb einfach stecken", erzählte Holger mit Eifer. „Nichts ging mehr. Mir lief der Schweiß herunter, aber ich machte weiter", sagte er. „Was denkt ihr wohl, was plötzlich zum Vorschein kam?", flüsterte Holger geheimnisvoll. „Ja, was denn, erzähl schon weiter", riefen alle. Holger fuhr fort mit seiner Erzählung und beschrieb, wie erstaunt Bauer Nielsen war, als er auf dem Acker eine ganze Menge Goldmünzen liegen sah. Sie waren aus der Römerzeit und dank Holger wieder ans Tageslicht gekommen. „Da ich dem Bauern so viel Glück gebracht hatte, belohnte er mich mit goldenen Hufeisen und ein lebenslanges Wohnen auf seinem Hof", sagte Holger mit etwas Wehmut in seiner Stimme.

„Jetzt bin ich dran", rief Marga die Gans und fing an zu erzählen: „Gänse gab es sehr viele bei Bauer Nielsen. Hin und wieder zu Weihnachten kamen Leute, die sich eine Ganz für das Fest aussuchten. Ich war jedes Mal sehr traurig, wieder eine Freundin verloren zu haben. Tja, aber so war es nun mal, ich konnte da nichts machen", sagte Marga.

Sie erzählte weiter: „Ich glaube der Bauer mochte mich besonders gut leiden, denn immer wenn er mit dem Auto in die Stadt fuhr, um Einkäufe zu erledigen durfte ich mitfahren und vorne auf dem Beifahrersitz platznehmen. Ich war wohl schon eine Prachtganz. Meine Federn waren schneeweiß und gerade mein Gang. Immer wenn eine Ganz verkauft werden sollte, viel der Blick zuerst auf mich."

Bauer Nielsen sagte dann immer: „Um Gottes Willen, Marga verkaufe ich nicht, denn wenn ich sie nicht hätte, würde ich krank vor Sehnsucht."

„Da ich noch recht jung und eigenwillig war, lief ich meinem Bauern stets hinterher", sagte die Ganz.

„An einem Samstagmorgen fuhren wir wie immer in die Stadt und machten vor dem Krämerladen von Gustav Hinrichsen halt. Gustav verkaufte alles Mögliche und hatte für jeden etwas in seinem kleinen Laden anzubieten", erzählte die Ganz eifrig.

Alle hörten gespannt zu und riefen: „Erzähle schon, liebe Marga, und was geschah dann?" „Nun ja, es passierte etwas, was eigentlich unmöglich war", sagte Marga. „Ich wartete wie immer im Auto und als der Bauer in seinen Wagen stieg, lag auf dem vorderen Sitz, genau unter meinem Bauch, ein riesiger Diamant", redete Marga fleißig drauf los. „Bauer Nielsen betrachtete diesen Stein als sein Eigentum, da er doch tatsächlich glaubte, dass dieser Stein aus meinem Allerwertesten gerollt kam." Alle mussten schallend lachen und die Stimmung im Stall war toll. „Was habe ich nur für eine außergewöhnliche Ganz", sagte der Bauer. „Zum Dank dafür darf ich nun bis an mein Lebensende, bei guter Verköstigung, hier auf dem Hof bleiben", fügte Marga noch hinzu. „Er schenkte mir einen goldenen Futtertrog und einen goldenen Ring, den ich um meinem Fußgelenk trage", sagte sie.

„Das war aber eine tolle Geschichte aus deiner Jugend, Marga, und vielleicht kam dieser Diamant ja wirklich aus deinem Hinterteil", sagte Holger und alle lachten.

„Nun bin ich an der Reihe!", rief Karin. Sie war immer noch eine sehr schöne Katze. Karin hatte ein schwarzes Fell, weiße Pfoten und ein weißes Köpfchen.

Auch Karin hatte schon ihr Alter auf dem Buckel. Sie fing an zu erzählen:

„Ich war noch sehr klein, als meine Mutter mich einfach mitten im Winter in einem Kellerraum alleine ließ. Dort brachte sie auch meine Geschwister zur Welt. Ich weiß nicht, was aus ihnen geworden ist. Meine Mutter machte sich aus dem Staub und ließ mich alleine in diesem finsteren Loch. Wenn ich nicht verhungern wollte, musste ich losziehen in die weite Welt." Sie redete weiter: „Also machte ich mich auf und tapste unbeholfen durch den Schnee. Meine Pfoten waren schon ganz taub vor Kälte. Plötzlich kam ich zitternd an dem Bauernhof des Herrn Nielsen an. Es war genau zu Heiligabend. Die Wohnungstür stand etwas offen und ich nutzte die Gelegenheit und huschte hinein. Niemand sollte mich sehen und ich versteckte mich in dem riesigen Tannenbaum der Familie. Mein kleiner Kopf ragte, neugierig wie ich war, aus der Mitte des Baumes heraus. Ein leises „Miau" ließ Sven, der Sohn des Bauern aufmerksam werden." „Oh schau mal Vati, ein lebendiges Kätzchen schaut aus dem Weihnachtsbaum heraus", jubelte der kleine Junge. „Ach, ich freue mich ja so!" rief er. Bauer Nielsen hatte seine Frau während der Geburt von Sven verloren und musste ihn alleine

großziehen. Der Bauernhof warf damals noch nicht so viel
Geld ab, sodass er seinem Sohn so manchen Wunsch nicht
erfüllen konnte. Jedenfalls brannten auf einmal an diesem
Heiligabend alle Kerzen an dem tollen Baum, so wie von
Geisterhand gesteuert. Sie erstrahlten in einem
eigenartigen, aber schönen Glanz. Es lagen, wie
hingezaubert, liebevoll eingepackte Geschenke unter dem
Baum. Die Schleifen waren so gebunden, wie es auch Frau
Nielsen immer getan hat. Es klingt wie ein Wunder. Karin
erinnert sich wie Sven begeistert rief: „Vati, Vati, wo
kommen denn plötzlich all die vielen Geschenke her?"
Der Vater antwortete: „Ich weiß es nicht mein Sohn, aber
so einen schönen Heiligabend hatten wir schon lange nicht
mehr. Ich glaube fasst, das Kätzchen hat etwas damit zu
tun." Der Bauer umarmte seinen Jungen und beide weinten
vor Freude. „Darf ich denn nun das Kätzchen behalten,
lieber Vati?", fragte das Kind. Bauer Nielsen war
einverstanden und zur Belohnung durfte Karin für immer
auf dem Bauernhof bleiben. Alle Tiere im Stall waren still.
Keiner traute sich etwas zu sagen. Bevor der Nächste seine
Geschichte vortragen konnte, vergingen ein paar Minuten,
denn sie mussten erst einmal richtig darüber nachdenken,
was sie gerade erzählt bekamen.

„Jetzt bin ich dran!", rief die Schildkröte Richy und fing an
zu erzählen: „Ich war noch winzig klein, genau wie Holger,
der Sohn des Bauern." Sie fuhr fort: „Na ja, ich saß als Baby
in einem Terrarium im einzigen Zoogeschäft der Stadt,

irgendwann kam Herr Nielsen mit seinem Sohn Sven vorbei. Eigentlich wollte er nur Fischfutter für seinen Karpfenteich kaufen. Doch es kam ganz anders. Jedenfalls schielte der Kleine ständig zu mir herüber und drückte seine Nase an die Scheibe meines Gefängnisses." Richy erzählte weiter: „Ich war noch ein Winzling und wünschte mir sehnlichst etwas Liebe und Zuwendung. Jedenfalls gab der Kleine keine Ruhe, unbedingt wollte er mich haben", sagte Richy. Herr Nielsen wurde aufmerksam und nach langem hin und her, nahm der Inhaber des Ladens die Schildkröte aus dem Terrarium und setzte sie in ein Pappkistchen, welches er auf den Ladentisch stellte und sagte: „Nun hast du ja endlich dein Tierchen bekommen, Sven, und pass gut darauf auf." Voller Begeisterung rief der Junge: „Vati, Vati darf ich die Schildkröte Richy nennen?" Der Bauer antwortete mit einem Grinsen im Gesicht: „Ja sicher, nenne sie wie du es willst."

„So kam ich zu Bauer Nielsen und war viele Jahre der Spielkamerad des Jungen, bis er erwachsen wurde. Überall nahm er mich mit hin, sogar in den Schulunterricht", sagte Richy.

Sven erzählte einmal seinen Schulfreunden während des Unterrichtes: „Seit ich Richy habe, haben sich meine Schulnoten erheblich verbessert, ich bin sogar davon überzeugt, dass diese Schildkröte Zauberkräfte hat."

„Als er dann ein junger Mann war, richtete er mir hier zwischen euch eine gemütliche Ecke ein mit einem kleinen Holzverschlag, indem ich mich zurückziehen konnte", sagte Richy. Alle hörten gespannt zu und sagten: „So hatte wohl jeder von uns in seiner Jugend ein tolles Erlebnis."

Nun meldete sich die Spinne Cornelia zu Wort. „Hört bitte auch meine Geschichte, liebe Freunde, denn auch ich hatte in der Jugend ein Erlebnis. Es war für mich und Sven, dem Sohn des Bauern, von großer Bedeutung. Eines Tages, ich hatte gerade mein Spinnennetz fertig gesponnen, beobachtete ich aus der Ecke des Kinderzimmers, wie durch das offene Fenster blitzschnell eine riesige Spinne sprang", erzählte Cornelia. „Ich hatte Bedenken, weil Sven noch so klein war, sie könnte ihm Angst machen", sagte sie. Cornelia redete wie ein Wasserfall: „Sie hätte ja auch giftig sein können. Ich lauerte dieser fetten Spinne auf. Sie war mindestens hundert Mal so groß wie ich. Nun ja, mindestens aber vier Mal so groß. Ich hatte keine Bedenken es mit ihr aufzunehmen. Als sich die Gelegenheit bot, schlug ich erbarmungslos zu. Das ekelige, schwarze Ding stellte sich dreist genau vor mein Spinnennetz auf. Sie wollte unbedingt an meine Vorräte, die ich mühevoll gesammelt hatte." Sie erzählte weiter: „In meiner Jugend hatte ich eine besondere Gabe. Ich konnte, wenn ich wütend war, goldene Spinnfäden herstellen. Sie waren so fest, dass selbst das größte Insekt es nicht durchtrennen konnte. Mit einem gezielten Biss, konnte ich meine Gegner betäuben." Sie redete und redete: „Schnell schlich ich mich von hinten an und betäubte den Eindringling, damit ich ihn in aller Ruhe in die goldenen Fäden wickeln konnte. Sie kam nicht mehr frei", sagte sie voller Stolz. „Dann warf ich sie kurzer Hand aus dem Fenster", fügte sie noch hinzu. „Dies alles sah der kleine Sven und fing mich vorsichtig mit einem Wasserglas ein. Ich ließ mir alles von ihm gefallen, denn ich wusste genau, dass er keiner Fliege etwas zu Leide tun konnte. Der Junge setzte mich in eine kleine Box und trug mich hier in diesen Schuppen. Damit tat er mir einen großen Gefallen, denn Insekten gab es hier genug. Heute macht auch mir das Alter zu schaffen. Ich bin nicht mehr so schnell wie damals und muss manchmal auf einen besonders leckeren Happen verzichten."

Alle klatschten Beifall und riefen: „Mensch Cornelia, da hast du uns ja eine tolle Geschichte erzählt."

Von nun an wiederholten sie diese gemeinsamen Erzählungen von damals regelmäßig. Keiner von ihnen war mehr niedergeschlagen, sondern stolz, dass sie mit Freuden zurückblicken konnten.

Überraschung aus dem Stroh

Die Tiere kamen zur Ruhe und waren wieder glücklich und zufrieden. Wenige Tage später raschelte es verdächtig im frischen Stroh. Ein herzhaftes Schmatzen drang an ihre Ohren. Alle wurden hellhörig, denn einen Eindringling wollten sie nicht haben. Holger rief alle Freunde zusammen und gemeinsam warteten sie auf eine Überraschung. Plötzlich steckte ein kleiner brauner Hamster sein Köpfchen aus dem Stroh. Er wollte genau wissen, wo er gelandet war. Bauer Nielsen hatte das Tierchen versehentlich mit dem frischen Stroh verladen und in die Scheune gebracht.

“Wer bist du und wo kommst du her?“, wollte Holger das Pferd wissen. Marga, die Gans, die Katze Karin, Cornelia, die Spinne und die Schildkröte Richy, wollten alles wissen und stellten dem Hamster viele Fragen. Das kleine braune Tierchen fing an zu erzählen: „Ich heiße Mucki und eigentlich habe ich noch eine Frau, denn wir wollten eine Familie gründen. Unsere Behausung, die wir uns mit viel Mühe gebaut hatten, war auf dem Ährenfeld. Ich wollte nur einige Körner für den Wintervorrat sammeln. In diesem Augenblick kam der Bauer und lud die Strohballen auf den Anhänger seines Traktors. Jetzt bin ich hier bei euch gelandet und habe obendrein noch meine Frau verloren. Meine Frau heißt Micky und ich liebe sie sehr. Ihr glaubt nicht wie traurig ich bin.“ „Nun komm erst mal her und setze dich auf die Schildkröte Richy, damit wir dich besser sehen und hören können", sagte Marga. Richy verdrehte die Augen und sagte: „Ja, ja ich kann dein Gewicht schon tragen." Alle mussten herzhaft lachen." „Trotzdem wird meine arme Frau mich suchen, Micky weiß doch nicht wo ich bin. Sie könnte denken, dass ich sie verlassen habe", jammerte Mucki. Karin tröstete ihn schnell indem sie ihm das schmutzige Fell sauber leckte. Die Katze sagte: „Lass' uns mal gemeinsam überlegen, was wir tun können." Für alle Fälle hatte Mucki schon für sich und seine Frau Micky eine winzige Höhle gebuddelt und sie mit Stroh ausgelegt, denn davon war ja genug da. Alle rätselten hin und her und keiner fand eine Lösung, wie sie am besten Muckis Frau finden könnten. Und als sie so überlegten, schaute ein kleines Hamsterköpfchen aus einem Strohballen heraus. „Mein Gott, wo bin ich denn hier gelandet und wer hat mich hier her gebracht?", rief Micky laut. Holger das Pferd wurde zuerst auf den Hamster aufmerksam und wieherte vor Freude." Ich glaube wohl, ich sehe nicht richtig!" rief er. „Bist du etwa Micky, Muckis Frau?" fragte er das Tierchen. „Ja, die bin ich, der Bauer hat mich aus Versehen mit dem Heuballen zusammen hierher verfrachtet", sagte sie aufgeregt. Traurig sagte sie: „Ich suche meinen Mann, er wollte doch nur ein paar Vorräte sammeln und wieder zurückkommen."

Plötzlich hörte sie ein leises Pfeifen. Es kam Micky irgendwie bekannt vor aber wie konnte es denn sein, dass Mucki auch hier war? Sie glaubte schon alles verloren zu haben. Doch auf einmal steckte der Hamster sein Köpfchen aus seiner eben erst neu gebauten, gemütlichen Wohnung. Beide Tiere liefen aufeinander zu und verschwanden blitzschnell in dem kleinen Bau. Sie lebten dort in diesem herrlichen Stall mit all den anderen Tieren glücklich zusammen. So füllte sich nach und nach der Schuppen mit verschiedenen Tieren, die sich besser verstanden als manche Menschen es tun.

Einige Wochen vergingen, ohne dass etwas Besonders geschah. Immer wieder erzählten sich die Tiere reihum tolle Geschichten aus ihren aktiven Jahren. Oft übertrieben sie etwas. Wichtig war, dass sie sich ihres Daseins freuten und ständig Freude miteinander hatten.

Betty, die Milchkuh

Betty war die beste Milchkuh des Bauern Nielsen. Trotz ihres Alters, gab sie Milch in großen Mengen. Doch auch sie kämpfte mit dem älter werden und selbst der Bauer merkte, wie sehr sie sich bemühte. „Um Gottes Willen, bloß nichts anmerken lassen", dachte sie. Doch Herr Nielsen wäre kein guter Bauer, wenn er seine Tiere bis zum Umfallen arbeiten ließe. Er merkte schon, dass Betty sich quälte und überlegte, was er tun könnte um ihr zu helfen. Vorsichtig streichelte er ihr Fell eines Morgens und redete mit ihr, wie mit einem guten Freund: „Viele Jahre hast du geschuftet für mich, nun will ich dir deinen Lebensabend so schön wie möglich machen. Ab sofort brauchst du nicht mehr zu arbeiten Betty." Die Kuh schaute den Bauern mit ihren großen Augen an und antwortete ihm mit einem zufriedenen „Muhhh".

„Komm Betty, ich bringe dich zu den anderen Tieren in den großen Stall mit dem frischen Heu, dort ist es warm und du wirst bestimmt Freunde finden", meinte er. Er führte Betty hinüber zum Stall, machte die Tür auf und stellte sie auf einen Platz, den er extra für die Kuh fertig gemacht hatte. Da lag frisches Heu, Behälter mit Wasser und die Tür war stets offen im Sommer, sodass die Tiere hin und her laufen konnten. Betty fiel nun ein Stein vom Herzen, dass sie nicht mehr schuften musste und sie freundete sich schnell mit den anderen Tieren an.

Betty bringt alle Tiere zum Lachen

Holger begrüßte Betty sofort und hieß sie herzlich willkommen." Hallo Betty, hast du es endlich geschafft?", fragte er sie. Er redete sehr lieb mit ihr, denn Holger kennt dieses Gefühl sehr gut, wenn man nicht mehr gebraucht wird aber auch das Gefühl der Ruhe und Zufriedenheit, im Leben etwas geleistet zu haben. Er sagte zu der Kuh: „Betty, hast du Lust mit uns am Abend Geschichten aus unserer Jugend zu erzählen?" Allabendlich reden wir zusammen und lachen viel", sagte das Pferd. „Heute Abend ist es wieder soweit und bei der Gelegenheit stelle ich dir alle anderen Tiere vor. Du wirst dich sicher schnell mit ihnen anfreunden", bemerkte Holger noch. Betty war begeistert von Holger und freute sich schon darauf, die anderen kennenzulernen. Am Abend war es sehr gemütlich im Stall. Bauer Nielsen ließ immer eine kleine elektrische Laterne an, damit die Tiere keine Angst bekamen. Die Tiere in diesem Stall, waren etwas ganz Besonderes und der Bauer sorgte gut für sie. Betty lernte nun alle Tiere kennen und freundete sich schnell mit ihnen an. „Nun, liebe Betty, möchtest du anfangen mit deiner Jugendgeschichte?", fragte Karin, die Katze. Betty antwortete schnell und sagte: „Natürlich werde ich beginnen, denn was ich zu erzählen habe, ist sehr lustig." Betty redete drauf los und war sehr eifrig in ihrer eigenen Geschichte vertieft.

"Also, eines Morgens kam der Bauer um mich und die anderen Kühe zu melken. Da ich sehr viel gute Milch geben konnte, behandelte er mich liebevoll und vorsichtig. Damals wurde noch alles mit den Händen gemacht, es gab noch keine elektrischen Melkmaschinen. Als Herr Nielsen gerade beginnen wollte mit der Arbeit, wurde er von einer Wespe übel in die Hand gestochen. Sie schwoll so dick an, dass er mich an diesem Morgen nicht melken konnte. Der Bauer war verzweifelt, denn gerade meine Milch war besonders gut und die Leute zahlten gerne etwas mehr, wenn sie verkauft wurde." Der Bauer streichelte mich noch einmal und sagte: „Ich weiß Betty, dass du gemolken werden musst, sonst bekommst du Schmerzen. Leider geht es heute nicht."

Betty erzählte weiter: „Herr Nielsen verließ den Stall. Plötzlich ereignete sich etwas Unglaubliches. Die Milcheimer stellten sich wie von Geisterhand geführt, fein säuberlich nebeneinander. Genau unter meine Euter. Ganz von alleine floss die Milch direkt in die Eimer. Ich konnte nicht glauben, was da geschah, aber es war wirklich so. Als der Bauer am nächsten Morgen in den Stall kam traute auch er seinen Augen nicht." Herr Nielsen rief ganz laut: „Ein Wunder ist geschehen, ein Wunder!" Die Kuh weiter: „Dann nahm er die Eimer und brachte sie hinaus. Von diesem Tage an bekam ich immer eine Sonderbehandlung. Der Bauer kam jeden Abend zu mir und legte mir eine warme Decke auf den Rücken. Mein Wasser bekam ich in einem goldenen Eimer gebracht. Das Heu war stets frisch und mit leckeren Wiesenblumen gemischt." Alle lachten laut im Stall, denn auch so eine Geschichte hatten sie noch nie gehört, obwohl ihre eigenen Geschichten auch nicht gerade glaubhaft klangen.

Die Überraschung

Mucki und Micky, das Hamsterpärchen, waren nun an der Reihe. Auch sie hatten etwas Schönes erlebt und sollten es nun erzählen. Das Hamsterpärchen begann. „Eines Tages, wir hatten gerade unser gemütliches Heim am Rande eines Haferfeldes, weit unter der Erde, fertiggestellt, hörten wir ein klägliches Weinen auf unserer Behausung. Micky und ich gingen hinaus und wollten sehen, wo das Jammern herkam. Da sahen wir eine winzig kleine Libelle, die auf unserer Höhle saß", sagte Mucki. Dann sprach die Libelle: „Ich habe mir meinen Flügel gebrochen, als ich auf einem Rosenstrauch nach einer Blattlaus Ausschau hielt, es tut so furchtbar weh." „Wir trugen sie vorsichtig in unsere Höhle und verbanden, mit einem dünnen Löwenzahnblättchen, den verletzten Flügel", sagte Micky. „Einige Wochen später war alles verheilt und sie konnte wieder fliegen", erzählte der Hamster eifrig weiter. Mucki redete nun weiter: „Plötzlich, wir waren sehr erschrocken, verwandelte sich das Tier in eine wunderschöne Elfe. Bunte Sternchen umkreisten ihren zarten Körper."

Die Elfe sprach: „Ich werde dafür sorgen, dass ihr ein Leben lang zusammenbleiben könnt und niemals durch irgendwas getrennt werdet." „Dann schwang sie ihren winzigen Zauberstab und es begann Goldflöckchen zu regnen, genau über uns. Ein Gefühl der Liebe und Geborgenheit überkam uns", sagte Micky. Eine ungewohnte Stille erfüllte den Stall

und es verging etwas Zeit, bevor die anderen Tiere
verstanden, was sie erzählt bekamen. „Nun seid ihr beiden
ein Teil von uns und werdet stets bei uns sein. Auch wir
werden dafür sorgen, dass ihr nie getrennt werdet", sagte
Holger.

Glück für das Zirkusäffchen Benny

In München gastierte der kleine Zirkus Hübner. Es kamen
nicht so sehr viele Besucher, aber es reichte für das tägliche
Brot und Futter für die Tiere. Auf jeden Fall waren immer
alle Zuschauer sehr zufrieden mit den Aufführungen der
Tiere. Und die Clowns brachten viel Spaß und
Überraschungen mit. Nur das Äffchen Benny war sehr
traurig. Es saß bei jeder Aufführung versteckt unter Stroh
im Gehege. Es wollte sich nicht mehr zeigen, denn es hatte
ein krummes Bein. Mit diesem krummen Bein konnte
Benny nicht mehr richtig laufen und schon gar nicht mehr
seine Paraderolle im Zirkuszelt vorführen. Benny stürzte vor
zwei Jahren aus großer Höhe auf den harten
Manegenboden und brach sich das Bein. Das Bein wuchs
nicht mehr richtig zusammen. Mit der Zeit schenkten alle
anderen Benny immer weniger Beachtung. Das konnten sie
auch nicht, denn der Stress bei den Aufführungen und beim
Training war sehr hoch.

Benny hatte einen direkten Blick auf die gut befahrene Autostraße. Dabei dachte Benny immer, woher die Autos wohl kommen und wohin sie fahren? „Oh, da fährt ja ein alter Traktor mit einem Anhänger vorbei. Jetzt hält er an. Will er wohl zu uns?", fragte sich Benny. Der Traktorfahrer war Bauer Nielsen. Er musste sich aus München Ersatzteile für seine Maschinen auf dem Bauernhof besorgen. Jetzt war er wieder auf dem Weg in die Bayerischen Alpen. Der Kühler kochte und qualmte. Bauer Nielsen holte Wasser vom Zirkusdirektor und befüllte den Kühler damit. „Der Bauer ist aber nett", dachte sich Benny. Er hörte das Gespräch zwischen dem Zirkusdirektor und Bauer Nielsen. Auch, dass der Bauer viele Tiere auf dem Hof beherbergt. Benny ergriff diese Chance, um noch einmal ein neues Leben zu beginnen. Hier im Zirkus wurde er schließlich nicht vermisst. Er rannte so schnell er nur konnte zum Anhänger des Traktors und versteckte sich zwischen den Ersatzteilen. Der Bauer startete und fuhr nach Hause auf seinen Hof.

Dort angekommen stellte Bauer Nielsen den Traktor ab und ging zunächst in die gute Stube um einen Kaffee zu trinken. Benny blieb ganz still liegen. Er wusste nicht, dass die Fahrt zu Ende war. Plötzlich bewegte sich die Plane auf dem Anhänger. Benny hörte ein Schnüffeln, dann schaute er in zwei Augen und auf eine große Nase. Es war das Pferd Holger. „Hallo! Wer bist Du denn?", fragte Holger. „Ich... ich... ich bin Benny", flüsterte das Äffchen. „Darf ich hier bleiben?", sprach es weiter. „Natürlich", sagte Holger. „Sei herzlich willkommen!"

Tage später bemerkte Bauer Nielsen erst den neuen Untermieter. Er war viel zu beschäftigt mit den Ersatzteilen.

Ein Adler braucht Hilfe

Wie jeden Morgen fuhr Bauer Nielsen auf sein Feld, um es zu bewirtschaften. Er war nie allein, denn viele Tiere beobachteten ihn. Sie warteten auch darauf, ob der Bauer nach der Mittagspause etwas Brot oder Speck zurück lies. Es war 13 Uhr und die Mittagspause begann. Auf der Decke lagen tatsächlich noch ein paar Brotkrümel und etwas Schinkenspeck. Eine kleine Feldmaus war die mutigste und schlich sich heran. Blitzschnell lief sie auf die Decke, schnappte sich den Speck und schleppte ihn zu ihren Kindern. „Puh, das war anstrengend, Kinder", schnaufte die Feldmaus. Genüsslich schmatzten alle am Speck. Der Bauer lag auf der Decke und blickte nach oben in den Himmel. Dort sah er einen stolzen Adler fliegen. Genauer gesagt, es war ein Steinadler. Er schwebte in den Lüften. Seine Flügel waren ausgebreitet auf über zwei Meter. Plötzlich hörte der Bauer einen Knall. Er erschrak. Und dann sah er den Steinadler abstürzen. Sofort machte sich Bauer Nielsen auf und suchte das Tier. Neben einem Felsen auf einer Grasfläche lag der schwerverletzte Vogel. Er ließ sich von

Bauer Nielsen anfassen und tragen. Bauer Nielsen sah eine Schusswunde, dabei ist das Schießen auf Adler streng verboten. Überhaupt sollte es keine Gewehre und Pistolen geben. Wir sollten alle besser miteinander in Frieden leben. Der Bauer brachte das Tier zum Tierarzt. „Glück hatte der Steinadler, Herr Nielsen. Es war nur ein Streifschuss", sagte Tierarzt Dr. Kruse. „Dann nehme ich den Adler mit auf meinen Hof. Vorher fahre ich bei der Polizei vorbei, dem Wilddieb muss man das Handwerk legen", sagte Bauer Nielsen. Auf dem Bauernhof angekommen freundeten sich alle Tiere schnell mit dem Steinadler an. Benny, das Äffchen, streichelte ihn und fragte: „Wie ist Dein Name?" „Ich bin Paul", antwortete der Steinadler. „Bauer Nielsen hat mich gerettet, ich bin ihm sehr dankbar." „Ja, hier bei Bauer Nielsen fühlen wir uns alle sehr wohl, schön, dass Du da bist."

Das Schweinchen Klecks

Das Schweinchen Klecks wollte gern nach Sylt aufbrechen, um seine Freunde dort zu besuchen. Im Sauerland wohnt Klecks. Der Rabe Roger ist schon vorweggeflogen. „Also, liebes Schweinchen Klecks, du musst in Richtung Norden gehen. Ich fliege schon los und werde Fitus und alle Freunde von dir Grüße ausrichten." Klecks und Roger verabschiedeten sich und Roger flog los.

Tage später ging es auch für Klecks los. „Oh, wie schön die
Wolken heute sind", freute sich Klecks und legte sich etwas
ins frische Gras. Die Wolken sahen wie Tiere aus. Da war ein
Elefant zu sehen, mit einem langen Rüssel. Jetzt tauchte ein
Hund auf und nun ein Löwe.

Das Schweinchen Klecks vergaß ganz die Zeit. „Jetzt muss
ich aber los!", rief es. Und es lief los, leider in die falsche
Richtung, nämlich nicht nach Norden, sondern nach Süden.
Es lief und lief. „Jetzt müsste doch langsam die Nordsee
kommen", murmelte Klecks ganz erschöpft. Mittlerweile
war das Schweinchen in den Bayerischen Alpen
angekommen.

Völlig entkräftet legte es sich auf ein Feld. „Ich habe so
Durst und Hunger", jammerte Klecks. Das Jammern hörte
Paul, der Steinadler. Paul machte jeden Tag seinen
Rundflug. Danach berichtete er den Tieren auf dem Nielsen
Hof was es so neues gibt auf der großen weiten Welt.

Paul landete neben Klecks. „Hallo Freund, ich heiße Paul
und wer bist du?", fragte Paul. „Mein Name ist Klecks. Ich
bin auf dem Weg zu meinen Freunden nach Sylt",
antwortete das Schweinchen. „Oh, da bist du hier völlig
falsch. Die Nordsee mit der Insel Sylt liegt hoch im Norden.
Hier bist du im Süden, mitten in den Alpen", sagte der
Steinadler. „Oh je, oh je, was mache ich denn nun?",
jammerte Klecks. „Komm' erst einmal mit zu meinen

Freunden und ruhe dich aus. Wir werden eine Lösung finden", schlug Paul vor. Auf geht es. Der Steinadler flog voraus und das Schweinchen folgte brav.

Auf dem Bauernhof wurde das Schweinchen Klecks von allen Tieren herzlich empfangen. Besonders Richy, die Schildköte und Klecks freundeten sich besonders an, sie hatten viel zu erzählen.

„Nun sammelst du hier auf dem Hof einige Tage Kraft und dann werden wir deine Reise nach Sylt planen", sagte das weise Pferd Holger.

Als sich der Bauer wunderte

Es ist schon vor vielen Jahren passiert, aber Bauer Nielsen wird dieses Erlebnis nie vergessen. Er war auf dem Feld und mähte das Heu. Es war Mai. Irgendwie fühlte sich Bauer Nielsen sich überhaupt nicht wohl. Der Arzt sagte, dass der Bauer an einer Grippe litt und unbedingt das Bett hüten müsste. Aber was sollte der Bauer nur machen? Er quälte sich aufs Feld und mähte und mähte. Er bekam noch höheres Fieber. Zu allem Übel viel nach getaner Arbeit auch noch der Trecker aus. Holger, das Pferd, brachte ihn bis zum Bauernhof, dort fiel der Bauer krank und übermüdet in sein Bett. Zu allem Übel zog auch noch ein heftiges Gewitter auf. Marga, die Gans, rief: „Wir müssen etwas unternehmen. Das Heu darf unter keinen Umständen nass werden." Cornelia rief: „Leider kann ich nicht helfen. Ich bin doch nur eine kleine Spinne." Holger sagte dann: „Ich habe eine Idee. Komm Marga, wir erledigen den Job."

Zunächst gingen sie beim Nachbarbauernhof Kirmayer vorbei. Dort fragten sie die Esel Egbert und Else, ob sie helfen könnten. Sofort stimmten sie zu. Es waren nette Esel. Auf dem Feld angekommen, versuchten sie das Heu auf den Wagen zu werfen. Das klappte überhaupt nicht. „Wartet. Ich komme gleich zurück!", rief Marga. Marga rannte in den Wald und rief nach Hilfe. „Was ist denn los?", fragten zwei Hirsche. Marga erzählte alles. „Ja, da kann ich euch mit meinem Freund helfen. Ich bin Josef und mein Freund heißt Alfonso. Mit unseren großen Geweihen schaufeln wir das Heu schnell auf den Wagen", schlug Josef vor.

Jetzt konnte Marga alles gut organisieren. Der Wagen wurde mit Heu gefüllt. Dann zogen ihn die Esel zum Hof und kippten ihn im Stall aus. Danach war das Pferd Holger an der Reihe, während sich die Esel Egbert und Else ausruhen konnten. Nach vier Stunden war alles geschafft. Marga und Holger bedankten sich bei den Eseln und Hirschen und luden alle zu einem großen Sommerfest ein. Kaum auf dem Bauernhof angekommen, gab es den heftigen Wolkenbruch. Der Bauer Nielsen schlief fest. Langsam gesundete er. Viele Tage später stand er fassungslos auf dem Feld, wo kein Grashalm mehr zu finden war. Alles lag im Stall. „Wer auch immer dieses Wunder vollbrachte, danke lieber Gott für deine Hilfe", freute sich Bauer Nielsen. Währenddessen kauten alle Tiere genüsslich das Heu. Und Cornelia baute sich ein schönes Spinnennetz.

Gestatten, mein Name ist Flo

Das Heu war nun im Stall. Alle Tiere freuten sich darüber. Sie tollten darin herum und kauten es genüsslich. Und überhaupt, es ist immer viel los im Stall. Jeder hat etwas zu erzählen und so ist ein ständiges Murmeln zu hören. Immer wieder hört man ein ganz leises piepen. Aber niemand nimmt es so richtig wahr. „Autsch!", schrie das Pferd auf. „Was hat mich denn da gepiesackt?", fuhr es fort. Plötzlich schrie Marga auf: „Aua! Da ist doch etwas unter meinen Federn!" Und so ging es reihum. Jeder wurde gezwickt. „Seid einmal ganz leise, ich habe eine Vermutung", sagte das Schweinchen Klecks. Alle hörten sofort auf zu sprechen. Es war nun ganz still. Plötzlich bewegte sich etwas im Heu. „Hallo, hallo! Ich bin hier!", rief jemand mit einer piepsigen und leisen Stimme. „Habt ihr das gehört?", fragte die Schildkröte Richy. „Wer da auch immer spricht, setze dich auf den Rücken des Pferdes, damit wir dich sehen können!", rief Äffchen Benny. Und tatsächlich, da hüpfte etwas aus dem Stroh direkt ins Gefieder von Marga, die

Gans. Von dort aus auf das Pferd Holger. „Ich bin jetzt hier oben!", schrie dieses Etwas. „Wir hören dich, aber sehen dich nicht", entgegnete Marga. „Moment, der Bauer hat seine Brille hier liegen lassen", rief Benny. Das Äffchen setzte die Brille auf und sah nun alles stark vergrößert. „Tatsächlich, da sitzt jemand auf dem Rücken des Pferdes. Es ist… es ist… es ist ein Floh!", fuhr Nenny fort. „Ja, ich bin es. Darf ich mich vorstellen, ich bin der Floh Florian, genannt Flo. Ich komme vom Feld und hatte mir ein Nest gebaut. Nun ist das Heu hier im Stall, darf ich bei euch bleiben?" Das Pferd Holger sagte darauf: „Ja klar, bleib bei uns. Aber nur wenn du uns nicht zwickst." Alle lachten und freuten sich über den neuen Mitbewohner.

Ein Fisch im Zahnbecher

Bauer Nielsen bekam einmal Besuch von seinem Neffen Torben. Er verbrachte eine Woche in den Sommerferien auf dem Bauernhof. Jeden Tag erlebte er neue Abenteuer. Auf dem Pferd konnte er reiten. Mit dem Äffchen konnte er toben. Heute ging es an den Bach mit der Gans Marga. Eigentlich war es nur ein ganz kleiner Bach, denn es ist schon gefährlich, ohne Eltern dort zu spielen. Aber auf Onkel Nielsens Hof war es nicht gefährlich, außerdem war Marga dabei und würde laut schnattern, wenn sie etwas merkt. Torben baute eine Wasserburg. Hinter der

Wasserburg baute er einen kleinen Staudamm. Marga lag im Wasser und kühlte ihren Bauch. Zu Mittag gab es Schinkenbrote und eine Gurke. Auch einen geschälten Apfel legte Bauer Nielsen in die Butterbrotdose. „Ach, wenn ich doch auch nur ein Tier hätte", jammerte Torben. Marga streichelte mit ihrem Köpfchen Torbens Arm. Beide spielten weiter. Die leere Butterbrotdose lag nahe an der Wasserburg. Plötzlich hüpfe ein kleiner Fisch aus dem Bach direkt in die Brotdose. Marga schnatterte laut. Also eigentlich rief sie: „Torben, hole schnell Wasser!" Aber Torben konnte ja die Tiersprache nicht verstehen. Glücklicherweise sah er das Fischchen. Er füllte die Butterbrotdose mit Wasser und freute sich darüber, nun endlich ein eigenes Tier zu haben.

Jetzt ging es zum Hof zurück, gleich gibt es Abendbrot. Danach sprach der Bauer ein Gutenachtgebet und alle gingen zu Bett. Auch Torben sagte seinem Fisch Gute Nacht. Um ihn zu sehen, füllte er den Fisch in seinen Zahnbecher, der war aus Glas. „Ich taufe dich auf den Namen Nemo", flüsterte Toren dem Fisch zu.

Am nächsten Morgen rief der Bauer: „Aufstehen, gleich gibt es Frühstück." „Oh je, lieber Onkel, ich kann mir nicht die Zähne putzen, ich habe keinen Zahnbecher", sagte Torben. Jetzt sah der Bauer den kleinen Fisch im Zahnbecher. „Dann

verschieben wir Frühstück und Zähneputzen und werden
für den Fisch draußen in der großen Wanne ein neues
Zuhause suchen", schlug der Bauer vor. Gesagt, getan.
Nemo fühlte sich in der Wanne nahe am Stall sehr wohl.
„So Sven, jetzt ab ins Haus und Zähneputzen!", rief der
Bauer. „Ja, und danke Onkel", freute sich Torben.

Übrigens, sofort steckte Marga ihren Kopf in die Wanne
und sprach mit Nemo unter Wasser. Ja, die Tiere können
miteinander sprechen, das ist schön.

Das war ein kleiner Ausflug in die Welt der Tiere. Und denkt
bitte alle daran, Tiere haben eine Seele, schau' in ihre
Augen und Du siehst sie!

Schlusswort

Der Mensch, die Natur und die Tiere gehörten immer schon
zusammen. Die ersten Völker achteten sie und wussten genau,
wann und welches Tier sie erlegen konnten. Die Population und
die Natur blieben im Gleichklang.

Heute ist alles anders. Die Gier des Menschen nach Gut und Geld
zerstörte viele Wälder. Damit wurde den Tieren der Lebensraum
einfach genommen. Immer wieder werden Tiere aus gerodeten
Gebietet gerettet und in Auffangstationen gebracht.

Dann ist da auch noch die Gier des Menschen nach Fleisch. Immer
mehr muss es sein, aber kosten darf es nicht viel. Das Ergebnis ist
heute die Massentierhaltung. In engsten Verhältnissen werden
Tiere mit Medikamenten schnell schlachtreif gezüchtet.

Kranke Tiere, die in zu engen Ställen gehalten werden, treibt man
zur Schlachtbank. Die angstvollen Schreie der Tiere hört kein
Mensch.

Wir müssen die Tiere schützen, indem wir schnellstens unser
Essverhalten ändern und auf Qualität setzen. Lieber weniger
Fleisch und mehr für ein Schnitzel bezahlen. Sicher ist, dass diese
Tiere nicht gelitten haben und artgerecht gehalten wurden.

*Renate und Uwe H. Sültz wünschen allen Lesern unserer Bücher
viel Freude am Lesen.*